Le Gang des petits-suisses

Gérard Moncomble

W9-COE-327

Illustrations de
Christophe Merlin

*À Boris,
mon fils,
patouilleur de
petits-suisses.
G. M.*

Chapitre 1

Tout commence par un cri horrible.

Un cri de père en colère.

– Boris ! Viens ici tout de suite !

Boris arrive en serrant les fesses.

Il bafouille :

— Tu m'appelles, Papa ?

3

– Il y avait six petits-suisses dans le réfrigérateur !

Où sont-ils ?

hurle le père.

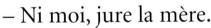

– C'est pas moi ! jure Boris.

– Ni moi, jure la mère.

– Ni moi, jure le chat.

Le père regarde sous le lit de Boris.

Pas de cuillère, pas le moindre

grain de sucre, pas de tasse.

Il n'y a aucune trace des six

petits-suisses, ni dessous, ni dessus.

Le mystère est total.

Le voisin d'en face, qui a tout entendu,
frappe à la porte.

– Savez-vous que mes petits-suisses
aussi ont disparu ?

– Tu vois bien que je suis
innocent ! dit Boris.

Dans chaque appartement,
c'est la même chanson !
Pas un yaourt
ne manque à l'appel,

ni un seul pot
de fromage blanc !

Encore moins les saucisses !

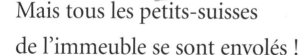

Mais tous les petits-suisses
de l'immeuble se sont envolés !
Par boîtes de six !
Dans la cité, on ne parle
que de ça. C'est insensé !
Où sont passés les petits-suisses ?

8

Chapitre 2

L'enquête est confiée à Félix File-Filou,
un détective privé très malin.

Félix inspecte un par un
tous les réfrigérateurs.

Aucune empreinte.

– Hum ! Les voleurs
devaient porter des moufles, dit-il.

Puis il fouille une par une
toutes les poubelles du quartier.
Pas le moindre papier de petit-suisse.

– Hum !
Les petits-suisses n'ont pas
encore été mangés,
conclut-il.

Au rayon « laitages » de l'épicerie,
il n'y a pas plus
de petits-suisses
que d'habitude.

– Hum !
L'épicier n'est pas
coupable, déduit Félix.

Ni le garagiste,

ni le pâtissier,

ni le facteur,

ni le marchand de glaces.

Dans le quartier, il n'y a
que des innocents. Comme Boris.

C'est alors que Félix aperçoit
une ombre.
Elle porte un étrange paquet sous
le bras et marche à pas de loup.

À pas de loup ! « Comme un voleur
de petits-suisses ! » songe Félix
File-Filou. Et il suit l'ombre.

Chapitre 3

L'ombre débouche enfin
en pleine lumière. C'est Boris !
Boris en combinaison, moufles
et bonnet ! Hop ! il chausse
sa paire de skis !
D'autres enfants sont là,
le nez en l'air, prêts à skier.

– Envoyez la neige !

crie Boris, avec une voix
de chef de bande.
Et du ciel tombent et tombent
des flocons blancs ! Au mois d'août !
Félix File-Filou ouvre des yeux ronds !

Drôles de flocons ! Enroulés dans
du papier ! Le détective lève la tête
et comprend tout ! Ils sont au moins
dix à balancer des petits-suisses,
six par six ! Tous complices !

Les petits-suisses, ça glisse !
Boris et ses amis
filent sur leurs skis
comme des fusées.

Ils foncent
sur des luges,

ils se bombardent
de boules de neige.

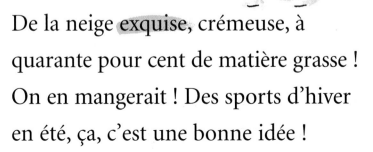

De la neige exquise, crémeuse, à
quarante pour cent de matière grasse !
On en mangerait ! Des sports d'hiver
en été, ça, c'est une bonne idée !

21

L'enquête est terminée. Félix
pourrait dénoncer Boris et son gang.
Mais il y a trop longtemps qu'il rêve
de faire un bonhomme de neige.
Alors il met ses mains en porte-voix
et il hurle :

– **Quelqu'un aurait-il des moufles à me prêter ?**

© 2000 Éditions MILAN
300, rue Léon-Joulin, 31101 Toulouse Cedex 9 – France
Droits de traduction et de reproduction réservés pour tous les pays.
Toute reproduction, même partielle, de cet ouvrage est interdite.
Une copie ou reproduction par quelque procédé que ce soit,
photographie, microfilm, bande magnétique, disque ou autre,
constitue une contrefaçon passible des peines prévues
par la loi du 11 mars 1957 sur la protection des droits d'auteur.
Loi 49.956 du 16.07.1949
Dépôt légal : 2e trimestre 2004
ISBN : 2-7459-0052-8
Imprimé en France par Oberthur Graphique à Rennes